LES TRAQUEURS DE CAUCHEMARS

L'autrice
Marie-Hélène Delval
Marie-Hélène Delval est autrice de nombreux textes pour la jeunesse aux éditions Bayard et Flammarion. Fan de fantastique et de fantasy, comme le prouvent son roman *Les chats* et sa série *Les dragons de Nalsara*, elle est également traductrice de l'anglais (les séries *L'Épouvanteur*, *La Cabane Magique*, *Eragon*...). *Les Traqueurs de Cauchemars* témoignent une fois de plus de son goût pour les littératures de l'imaginaire !

L'illustrateur
Auren
Après un diplôme en arts appliqués, Auren travaille dans le jeu vidéo et la bande dessinée institutionnelle. Puis il commence à illustrer plusieurs romans jeunesse et dessine les missions des *Aventuriers de l'Intermonde*, pour *Astrapi* et BD Kids. Tout en imaginant les couvertures des *Traqueurs de Cauchemars* (qu'il adore), il cumule différents projets de peur de trop s'ennuyer.

Dépôt légal : octobre 2021
ISBN : 979-1-0363-3266-1
Loi n° 49-956 du 16 juillet 1949
sur les publications à destination de la jeunesse.

Imprimé en Espagne par Novoprint

PEFC PEFC/14-38-00277

Marie-Hélène Delval

LES TRAQUEURS DE CAUCHEMARS

Les Sans-Visage

bayard jeunesse

LES TRAQUEURS DE CAUCHEMARS

Matthieu, Margot, Jules et Inès sont quatre copains de la même classe de 6e. Un jour – ou plutôt une nuit –, ils font une découverte extraordinaire : ils sont capables de pénétrer dans les rêves ! Et cela grâce au chat de Margot. Car Cambouis n'est pas un chat comme les autres : c'est un passeur. C'est ainsi qu'ils délivrent Théo, le petit frère de Matthieu, de ses mauvais rêves. Ils en font alors le serment : désormais, ils seront Traqueurs de Cauchemars ! Pour chacune de leurs missions, ils se retrouvent toujours à la Vieille Porte, un ancien monument de leur ville, orné de sculptures représentant des dormeurs. De là, Cambouis, le passeur, les mène jusqu'à un mystérieux cercle de lumière bleue : le passage.

ET L'AVENTURE COMMENCE...

INÈS

MATTHIEU

MARGOT

JULES

CAMBOUIS

1
LA MARQUE

Ils sont trois. Trois petits personnages au dos bossu, à la démarche boiteuse. La lune projette sur la route leurs ombres difformes. Debout dans l'herbe du bas-côté, je les regarde passer. Ils marchent en file, vêtus d'une longue robe de toile brune ; une cagoule leur couvre la tête, percée au niveau des yeux.

Quand ils arrivent à ma hauteur, ils se tournent vers moi. Il doit y avoir un regard au fond de ces trous noirs, un regard que je ne vois pas. Mais je devine qu'il n'est pas amical.

*Je ne sais pas pourquoi je suis là, planté sur ce talus. Voilà plusieurs semaines que le cauchemar m'y ramène chaque nuit. Chaque nuit j'attends qu'*ils *approchent, qu'*ils *passent, qu'*ils *me dévisagent. Et leurs regards invisibles m'emplissent de terreur. Alors, je me réveille, en sueur, la bouche sèche et le cœur qui cogne.*

Posant son stylo, Basile relit ce qu'il vient d'écrire. Il ne tient pas un véritable journal. Il note simplement dans son carnet les petits évènements du collège, les dates d'anniversaire des copains, les histoires drôles qu'il ne veut pas oublier. Rien de trop personnel, rien qui touche à ses émotions secrètes. Or, cette fois, il a ressenti le besoin de mettre sur le papier des images qui hantent ses rêves ces derniers temps. D'où viennent-elles ? Que signifient-elles ? Il n'en a aucune idée. Maintenant, chaque soir, il retarde le moment de s'endormir, de peur de se retrouver au bord de la route et de voir arriver ces trois personnages. Il ne dort plus assez, il est nerveux, il bâille pendant les cours. Que faire ? Il n'en a encore parlé à personne ; d'ailleurs, à qui pourrait-il en parler ? Son père chantonnerait : « Songes, mensonges. » À part son boulot d'architecte, pas grand-chose ne l'intéresse. Sa mère lui conseillerait de s'en servir pour écrire une histoire – elle travaille dans une maison d'édition. Ses frères le traiteraient de trouillard. Quant à ses potes… Non, impossible de leur raconter ça ! C'est trop intime. Car, Basile en a la certitude, ce cauchemar touche à quelque chose de très profond. Quoi ? Il l'ignore. Il faudra tout de même qu'il le découvre s'il veut retrouver un sommeil paisible…

Pris d'une soudaine inspiration, il ajoute trois phrases à son texte :

Je ne sais pas qui ils sont. Pourtant, curieusement, je connais leur nom. Ce sont « les Sans-Visage ».

*

*   *

L'heure de la récré de dix heures a sonné, et les quatre Traqueurs se retrouvent sous leur marronnier préféré.

– C'est nul, déplore Margot. Voilà plus de dix jours que personne n'est venu nous demander notre aide.

– Ouais, à croire que les gens ne font plus de cauchemars ! enchérit Matthieu.

– Ou que ceux qui en font n'ont pas entendu parler de nous, précise Inès. Si on punaisait une affichette sur le panneau d'information du CDI ?

– Ah oui ! approuve aussitôt Margot. Jules l'a déjà proposé : « Vos mauvais rêves troublent votre sommeil ? Le clan des Traqueurs de Cauchemars s'en charge ! » Moi, je suis pour !

Matthieu paraît dubitatif :

– Je ne suis pas sûr que ce soit une bonne idée. On va nous prendre pour des cinglés.

Jules, qui n'a encore rien dit, intervient soudain :

– À mon avis, ce ne sera pas nécessaire.

Les trois autres se tournent vers lui :

– Ah bon ?

– Tu crois ?

– Pourquoi ?

– Parce que quelqu'un va nous contacter bientôt.

Étonnée par son ton lugubre, Margot s'écrie :

– Mais c'est super ! Comment tu le sais ?

Le garçon hausse les épaules avant de lâcher :

– Vous n'avez rien remarqué ?

– Remarqué quoi ? demande Inès.

– Vos marques. Elles n'ont pas... changé ?

– Non, répondent les trois autres d'une seule voix.

Chacun d'eux a découvert cette curieuse tache blanche en forme de croissant de lune sur son omoplate après leur premier voyage au cœur d'un cauchemar. Ils avaient pénétré dans une forêt qui terrifiait Théo, le petit frère de Matthieu. Et les marques sont apparues. Ils en ont déduit que c'était l'emblème de leur mission, le signe qu'ils étaient acceptés par le monde des rêves.

Jules déclare alors d'une voix tendue :

– Eh bien, la mienne, elle est plus large.

Il se tourne vers Inès :

– Tu te souviens, quand on s'est occupés de cette fille, Elsa[1] ? Ta marque aussi avait grossi. Et cette fois-là, c'est toi qui as dû intervenir. Sans nous.

– Ça signifie que c'est à ton tour ! comprend Inès.

– Donc, se réjouit Margot, quelqu'un va bientôt nous demander notre aide !

– Sauf que, moi, je ne marche pas ! proteste Jules. Pas question que j'entre tout seul dans un cauchemar !

– Tu ne seras pas vraiment seul, tempère Matthieu. À chaque fois, on

---

1. Lire *Le jardin abandonné* (« Les Traqueurs de Cauchemars », n° 3).

était tous rassemblés au départ. C'est obligé, non ?

– Il n'empêche, bougonne Jules. Je ne resterai pas seul dans un de ces lieux sinistres. On s'est déjà retrouvés dans une forêt en colère, dans une cave glauque et dans un jardin mort. Qu'est-ce qui nous attend, cette fois ? Qu'est-ce qui *m'attend* ?

– Écoute, tente de le rassurer Margot. Pour l'instant, personne ne nous a encore rien demandé. Le moment venu, on cherchera un moyen de t'accompagner.

– On ne te laissera pas tomber, promis ! ajoute Matthieu.

– Pour moi, explique Inès, ce n'était pas prévu. Pour toi, c'est différent. On est prévenus, on pourra s'organiser.

– Ouais... Vous dites ça, et puis, quand on y sera en vrai...

Et il marmonne pour lui-même :

– Enfin, avec un peu de chance, personne ne nous demandera rien.

2

LE PASSEUR

Jules oublie juste une chose, c'est qu'on trouve tout sur Internet !

Ce soir-là, justement, Basile tape « cauchemars » dans la case de recherche de son navigateur. Il voit s'afficher pas moins de 3 850 000 résultats. De quoi être découragé.

Il fait néanmoins glisser sa souris au hasard, et tombe sur une phrase qui attire son attention :

Ils m'ont libérée des cauchemars qui me pourrissaient la vie !

Il clique pour découvrir la suite. Le texte lui révèle l'existence d'un soi-disant « clan des Traqueurs de Cauchemars ». Il est signé d'une certaine Constance. Et cette Constance...

Non ! Incroyable ! Elle est dans le même collège que lui ! En 4e A !

– Ce n'est pas possible, marmonne-t-il. C'est une blague...

Oui, forcément, c'est une blague. D'ailleurs, quelques internautes ont laissé des commentaires du genre : « Rigolo, ton histoire ! » ou : « Et moi, j'ai campé sur la

Lune ! » Bref, personne n'a marché. Normal.

Il relit l'étrange récit une deuxième fois. Pas de doute, le ton est convaincant. Ce n'est peut-être pas une blague, en fin de compte. Pourtant… Allons, il ne va tout de même pas avaler un truc pareil !

Il éteint l'ordinateur et se met au lit. Alors, blague ou pas blague ? À force de tourner la question dans sa tête, il finit par s'endormir.

Et il se retrouve au bord de la route, tandis que les trois petits personnages s'avancent dans la lumière blafarde de la lune. Quand ils arrivent à sa hauteur, ils se tournent vers lui. Leurs regards invisibles, au fond des trous de leurs cagoules, lui paraissent plus malveillants que jamais.

Basile se réveille en sursaut, couvert de sueur, le cœur affolé. Ça ne peut plus durer. Sa décision est prise, il va contacter la fille. Elle ne devrait pas être difficile à repérer. À en croire son récit, elle sait ce que cauchemarder veut dire ; elle ne lui rira pas au nez.

Sauf si c'est une blague, évidemment.

Bon, il verra bien. Première étape : découvrir la mystérieuse internaute. Deuxième étape : l'aborder sous un prétexte quelconque. Enfin, tâcher de la faire parler sans dévoiler ses propres problèmes.

Tout de même, cette histoire de Traqueurs, ça doit être une blague ; c'est trop bizarre pour être vrai.

Tant pis, il va tenter le coup. Qu'est-ce qu'il risque, après tout ?

Allez, c'est dit ! Dès demain, il se met en quête de la dénommée Constance.

Un peu apaisé par sa résolution, Basile enfouit la tête dans son oreiller et finit par se rendormir.

*

*   *

Jules, lui, ne dort pas.

Dans la salle de bains, avant de se coucher, il a examiné encore une fois la marque en forme de croissant de lune derrière son épaule gauche. Pas de doute, elle est plus large. Et plus blanche. Avant, on la distinguait à peine. Maintenant, elle ressort nettement. Sa peau de roux est pourtant claire, pas couleur caramel comme celle d'Inès !

Nerveux, il se retourne dans son lit. Cette affaire ne lui plaît pas du tout. Bon sang, pourquoi s'est-il embringué dans une aventure pareille ? Traqueur de Cauchemars ! C'est dingue, non ? S'il n'y avait pas eu Margot... Elle n'a vraiment peur de rien, celle-là ! C'est peut-être aussi pour ça qu'elle lui plaît. Il aime autant son intrépidité que ses boucles châtains et ses beaux yeux noisette. Et pour se faire bien voir de Margot il est prêt à n'importe quoi.

Sauf que, là, il n'est pas d'accord. Accompagner le clan des Traqueurs dans leurs missions nocturnes, soit ! Tant qu'ils sont ensemble tous les quatre, passe encore. Mais s'imaginer seul, dans un décor sinistre, face à il ne sait quels monstres surgis de l'esprit malade d'un rêveur inconnu ? Non, mille fois non ! Il a envie de crier : « Pouce ! Je ne joue plus ! »

Il se frotte l'épaule machinalement. Cette marque, s'il pouvait l'effacer… L'insigne des Traqueurs de Cauchemars. Quelque chose qui les protège, prétend Margot.

Il est vrai que, jusqu'à présent, ils n'ont pas été blessés, ils ne sont pas restés piégés dans un monde parallèle. Ils ont seulement eu quelques belles frayeurs, même Margot. Elle, ça ne l'empêche pas de vouloir recommencer. On dirait presque que ça l'excite.

Eh bien, pas lui !

Il n'a plus qu'à espérer que l'inconnu ou l'inconnue qui cauchemarde quelque part ne les trouvera pas.

Malheureusement, le garçon en est sûr : il ou elle les trouvera.

Sinon, le croissant de lune sur son omoplate n'aurait pas grossi.

*

* *

Les heures nocturnes s'égrènent lentement. Les Traqueurs sont endormis – même Jules, que le sommeil a fini par emporter. Seul Cambouis veille. Le gros chat tigré s'est perché sur le muret qui entoure le jardin de Margot. De là, il perçoit les ondes invisibles qui voyagent à travers les airs. L'une d'elles lui parvient d'une grande maison, à quelques kilomètres de là, en dehors de la ville. Une maison neuve, isolée au sommet d'une colline. À l'étage, un rêveur se retourne dans son lit. Le cauchemar l'a quitté. Mais il reviendra la nuit prochaine. Et toutes les autres nuits. Jusqu'à ce que l'animal ait mené les quatre Traqueurs sur les lieux du songe. Même si, cette fois, il lui faudra procéder par étapes…

Cambouis se tourne en direction de la Vieille Porte, leur point de rendez-vous. Ses babines s'étirent en un sourire énigmatique. Dans quelques nuits, il conduira de nouveau les jeunes humains.

Il est leur Passeur.

3

DES NAINS

– Tu viens, Constance ? lance une fille. On t'a gardé une place.

Son plateau dans les mains, une grande blonde se dépêche de rejoindre ses copines.

« C'est elle », pense Basile.

Voilà déjà deux jours qu'il traîne du côté des tablées de quatrièmes à l'heure de la cantine. Mais c'est la première fois qu'il entend prononcer ce prénom. C'est elle. Sauf s'il y a plusieurs Constance dans la classe…

Par chance, la table voisine n'est qu'à moitié occupée. Il y entraîne deux de ses potes de 3e et s'assied à l'extrémité. Impec ! Il n'est séparé de la demoiselle que par un mince espace. Pendant tout le repas, il tend l'oreille, tâchant de capter une allusion au sujet qui le tourmente : les rêves, les mauvais en particulier. Malheureusement, la conversation des filles tourne surtout autour de leurs séries préférées. Il apprend ainsi que Constance est folle amoureuse de Tyrion Lannister[1], ce qui fait hurler de rire sa bande de copines.

---

1. Personnage de la série *Game of Thrones*, incarné par l'acteur américain Peter Dinklage.

– Cet acteur, il est trop bien ! insiste-t-elle. Il veut même qu'on dise qu'il est nain, pas « une personne de petite taille », je l'ai lu sur Internet !

Nain… Ce mot fait frémir le garçon. Les personnages de son cauchemar s'affichent soudain dans sa mémoire. Des nains ! Ce sont des nains ! L'évidence vient de lui sauter aux yeux. Pourquoi n'y avait-il pas encore pensé ?

« Rien à voir avec les gentils amis de Blanche-Neige, en tout cas », songe-t-il.

Un coup de coude de son voisin de table le ramène à la réalité :

– Hé, Basile ! On te cause !

– Quoi ?

Les autres s'esclaffent.

– C’est vrai qu’elle est mignonne, la blonde de la table à côté ! le charrie son copain.

– Oh, ça va, bougonne Basile.

Et il termine sa compote en méditant sur son plan d’approche : à la récré, il abordera Constance. Il tient peut-être un sujet de conversation…

*

* *

– Je l’ai repéré ! s’écrie Margot en rejoignant les trois autres Traqueurs sous leur marronnier habituel.

– Qui ? demande Jules.

Le cœur du garçon s’est accéléré : il a déjà deviné la réponse.

– Le rêveur ! Celui qui cauchemarde, quoi ! Il est au collège !

Voilà. C'est bien ce qu'il craignait. Et cette fois il va être en première ligne.

– Comment tu sais que c'est lui ? objecte-t-il, pour la forme.

– Oui, comment tu le sais ? insiste Matthieu.

Inès devine :

– Il en a parlé à quelqu'un ? À Constance, je parie !

– Tout juste, confirme Margot. C'était après la cantine, à la fin de la récré. Je me dépêchais d'aller aux toilettes avant la sonnerie. Je suis passée près de Constance, qui discutait avec un type, un grand. Et…

Margot baisse la voix ; les autres se rapprochent pour mieux écouter.

– Et j'ai entendu le mot « cauchemar ».

– Ah ! lâchent ensemble les trois Traqueurs.

– J'ai fait mine d'avoir un caillou dans ma basket, je l'ai enlevée, j'ai…

– Oui, bon, accouche ! la presse Matthieu.

– Bref, j'ai tendu l'oreille. Le gars disait un truc du genre : « Tu me fais marcher. » Et Constance a répondu : « Je te jure que c'est vrai. Je ne sais pas comment ils ont fait. Ce qui est sûr, c'est qu'ils m'ont libérée de mon cauchemar. »

– Et après ?

– Ben, après, la sonnerie a retenti ; j'ai eu à peine le temps de filer aux toilettes. Mais je suppose que ce type ne va pas tarder à nous contacter.

– C’est dingue, quand même, murmure Inès.

– Qu’est-ce qui est dingue ? maugrée Jules.

– Que tant de gens fassent des cauchemars !

– Et surtout qu’on les rencontre au collège ! ajoute Matthieu.

*

* *

Basile est rentré chez lui après les cours, l’esprit en ébullition. Tout le long du trajet, sur son vélo, il n’a pas cessé de revivre en pensée ce qui s’est passé après le déjeuner. Dans la cour, il était resté à proximité de la grande blonde. Profitant d’un instant où elle s'éloignait de son groupe de copines, il s'est approché et a lancé :

– Alors, comme ça, tu aimes les nains ?

Elle l'a dévisagé, interloquée. Il a enchaîné :

– J'étais à côté de toi, à la cantine. Je t'ai entendu parler de Tyrion Lannister. Moi aussi, c'est mon personnage préféré dans la série.

Elle a tout de suite eu un large sourire.

– Ouais, il est classe, hein !

Ils ont discuté un petit moment du dernier épisode qu'ils avaient vu. Finalement, Basile a soupiré :

– Dommage que tous les nains ne soient pas aussi sympathiques. Moi, j'en connais qui...

Il a laissé sa phrase en suspens, en espérant que la fille le relancerait. Ce qu'elle a fait. Alors, sur le ton de la confidence, il a glissé une allusion à son cauchemar. Elle a tout de suite voulu en savoir davantage. Et elle lui a parlé de ces quatre élèves de 6e B. Les Traqueurs de Cauchemars.

« Non, se répète-t-il pour la dixième fois, c'est impossible. Ce ne sont que des gamins. C'est un jeu, un truc qu'ils ont inventé. »

Sauf que Constance a été formelle : ces quatre-là l'ont délivrée du cauchemar qui l'a hantée toutes les nuits pendant un mois.

Basile remonte la petite route qui mène à sa maison en marmonnant pour lui-même :

– Qu'est-ce que je risque, après tout ? J'irai leur parler, on verra bien.

Le seul danger, au fond, c'est d'être surpris par ses potes. Il les entend déjà ricaner :

« Hé, Basile ! On fait copain-copain avec les nains, maintenant ? »

Les nains ! C'est ainsi qu'ils désignent les « petits » de sixième. S'ils savaient...

4

SUR LA ROUTE

Il est debout sur le bas-côté, comme chaque nuit. Or, cette nuit, la route est déserte. Au lieu d'en être rassuré, le garçon sent des frissons de fièvre lui courir sous la peau, une fièvre mêlée d'effroi. Parce qu'*ils* vont venir. Et les attendre est presque pire que de les voir arriver.

Le rêveur scrute anxieusement la demi-obscurité.

Rien.

Pourquoi ne viennent-*ils* pas ?

Une rumeur monte alors autour de lui, un grondement de voix furieuses. On dirait qu'une foule en colère est massée de chaque côté de la route. Une foule qu'il ne voit pas.

Et soudain *ils* sont là. Les trois petits personnages difformes, sous leurs cagoules percées de deux trous noirs. Ils passent, l'un derrière l'autre. Ils tournent vers lui un regard chargé d'une telle malveillance qu'un cri de terreur lui échappe.

Basile se réveille en sursaut, les mains crispées sur sa couette, la gorge encore contractée.

Il a crié dans son rêve parce que, cette fois, il a vu une lueur danser au fond des orbites invisibles. Une flamme haineuse.

« C'est bizarre, songe-t-il quand les battements désordonnés de son cœur se sont un peu calmés. Je n'avais encore jamais vu briller leurs yeux. »

C'est bizarre, et encore plus effrayant.

Cependant, le cauchemar s'est modifié : la route vide, les voix de spectateurs invisibles, puis la luisance des regards qui l'observaient, tout cela est nouveau. Est-ce parce qu'il en a enfin parlé à quelqu'un ? Malgré ça, il n'est pas beaucoup plus avancé.

« Constance a raison, se dit-il. J'ai besoin d'aide. Demain, j'irai trouver la bande des quatre, sous leur marronnier. Je leur raconterai tout. On verra bien. »

Cela ne lui paraît plus ni impossible ni ridicule. La nuit, les choses banales prennent souvent une allure fantastique. Et les plus folles semblent soudain parfaitement raisonnables. Que des gamins de 6ᵉ puissent être Traqueurs de Cauchemars, pourquoi pas, après tout ?

Basile se détend lentement. Les yeux grands ouverts dans la pénombre de sa chambre, il tente de donner une signification à cette scène bizarre. Que peuvent bien représenter les petits êtres difformes ? Pourquoi le regardent-ils avec tant de méchanceté ?

Il n'a pas la réponse. Sauf que… Tiens, il n'avait pas encore pensé à ça ! Il a commencé à cauchemarder la nuit d'après le déménagement. Il avait pourtant tellement hâte de quitter leur appartement trop petit en centre-ville ! D'avoir enfin sa chambre à lui ! De passer des nuits paisibles sans entendre ses deux jeunes frères toussoter et ronfloter dans leurs lits superposés ! Et le voilà aux prises avec des créatures menaçantes sorties d'il ne sait où. C'était bien la peine…

Oui, tout a commencé après le déménagement. Avant, il allait au collège à pied. Maintenant, il doit s'y rendre à vélo, par une petite route qui descend de la colline. Elle rappelle un peu celle de son cauchemar. Quoique… Toutes les routes de campagne se ressemblent. Et ça n'explique pas la présence des encagoulés.

Agacé, Basile s'agite dans son lit. Pour tenter d'apprivoiser le rêve, il le rejoue dans sa tête en l'arrangeant à sa façon. Il retourne en imagination au bord de la route déserte. Seulement, il n'y retourne pas seul. Constance l'accompagne. Attendre à deux, c'est très différent. Debout à ses côtés, Constance guette avec lui l'arrivée des petits êtres maléfiques. Auprès d'elle, le garçon ne ressent aucune crainte. Elle paraît si tranquille, si sereine... Le vent léger de la nuit fait voleter ses cheveux blonds. Elle est jolie, cette fille. Elle lui plaît. Quand il l'a vue s'avancer dans le réfectoire avec son plateau, il a tout de suite été séduit. Et maintenant elle est là, silencieuse. Il la prend doucement par la main. Elle tourne un peu la tête et lui sourit. Il lui rend son sourire. Ils peuvent bien venir, les encagoulés ! Il ne les craint plus. Il a une alliée pour les affronter. Il…

Basile pousse un long soupir. Il s'est rendormi. Cette nuit, aucune vision angoissante ne troublera plus son sommeil.

Mais d'autres nuits l'attendent. La lune éclaire toujours la route mystérieuse, quelque part dans le monde des rêves. Le garçon debout sur le bas-côté n'a pas encore compris le message muet des Sans-Visage. Le cauchemar n'a pas fini de lui donner rendez-vous avec la peur.

5

DES MOTS DANS LA PIERRE

– Il est génial, le cauchemar de Basile, s'enthousiasme Margot.

– Façon de parler, bougonne Jules. Il est encore plus horrible que les précédents. Et, bien sûr, c'est sur moi que ça tombe !

Matthieu lui envoie une bourrade d'encouragement :

– T’inquiète ! On ne te laissera pas tout seul, on te l’a promis !

– On se débrouillera pour t’accompagner, tu verras ! lui assure Inès.

– C’est ça, je verrai…

Jules a employé un ton si tragique que ses copains s’esclaffent. Néanmoins, sans l’avouer, ils ressentent tous les trois un certain soulagement. Parce que le récit du dénommé Basile leur a flanqué la chair de poule. La route déserte sous la lune, les Sans-Visage et leurs regards mauvais, ces images les ont impressionnés. Et, même s’ils n’ont pas l’intention d’abandonner Jules dans sa mission, ils sont plutôt contents de ne pas se retrouver en première ligne.

– Il est sympa, ce type, pour un troisième, note Inès.

– Ouais..., tempère Margot. Si Constance ne nous l'avait pas présenté, il n'aurait pas osé nous parler.

– Il aurait eu peur ? ironise Jules.

– Oui, peur d'être ridicule ! rigole Matthieu.

Sa boutade fait pouffer Inès :

– Ça, c'est sûr ! N'empêche : sans nous, il pourrait cauchemarder encore longtemps !

En tout cas, ils ont promis de régler le « cas Basile ». Et ils vont s'y coller dès ce soir. Ça tombe bien, le prof de math est absent, ils commencent à dix heures demain. Donc, rendez-vous cette nuit à une heure du matin devant la Vieille Porte, comme d'habitude.

– Je me demande où le Passage va s'ouvrir, cette fois, s'interroge Jules. Une route… J'espère que ce ne sera pas encore celle du cimetière[1] !

– Cambouis nous conduira, ne t'en fais pas ! lui assure Margot. Je lui ai trouvé un air… cachottier, ce matin. À mon avis, il a déjà une petite idée de ce qui se prépare.

– Ben voyons ! raille Jules. Ton chat, il est nyctalope, et en plus il est devin !

– Il y voit la nuit. Pourquoi il ne verrait pas aussi l'avenir ? rétorque Margot avec le plus grand sérieux.

La sonnerie annonçant la fin de la récré couvre la dernière réflexion du garçon :

– J'espère qu'il voit aussi comment je vais m'en tirer…

---

1. Lire *Le jardin abandonné* (« Les Traqueurs de Cauchemars », n° 3).

*

* *

Il est une heure du matin. Cette fois, les Traqueurs sont tous arrivés en même temps devant la Vieille Porte. Jules bâille à s'en décrocher la mâchoire.

– On serait quand même mieux dans nos lits, soupire-t-il d'un air abattu.

– Mais on ne profiterait pas de cette nuit magnifique ! s'enthousiasme Margot. Regardez ce ciel !

Tous lèvent le nez. Les étoiles sont si nombreuses, si brillantes que la petite ville baigne dans une lumière nacrée.

– Basile n'a pas précisé s'il y avait des étoiles, dans son rêve, fait remarquer Inès.

– Il a seulement parlé de la lune, dit Matthieu.

Jules hausse les épaules :

– Ce sera la nuit, de toute façon. Une nuit de cauchemar…

– Bon, on y va ? le coupe Margot. Parce que Cambouis attend que vous ayez fini de jacasser !

L'animal est planté de l'autre côté de la Vieille Porte, à l'angle d'une rue. La queue dressée, les moustaches frémissantes, il lâche un miaulement impatient.

– D'accord, on y va, grommelle Jules. Il nous emmène où, cette fois, ton chat ? Pas à perpète, j'espère ! Parce que j'aimerais rentrer me coucher, moi !

– T'as fini de râler ? le taquine Matthieu. Tu vas bientôt rencontrer d'affreux petits gnomes aux yeux méchants. Trop de chance, non ?

Jules s'arrête net, furibard :

– Je… Tu… T'es trop bête, Mat' ! Je n'ai aucune envie d'y aller, figure-toi ! Alors, si tu veux prendre ma place, ne te gêne pas !

Un bras rassurant lui entoure les épaules. Et la voix de Margot lui murmure à l'oreille :

– Cette nuit, c'est toi le héros de l'aventure, Jules. Le monde des rêves en a décidé ainsi. Ça ira, j'en suis sûre ! Et on sera avec toi, d'une façon ou d'une autre.

– Oui, renchérit Inès, ça ira, tu verras ! Moi, quand je me suis retrouvée seule dans le jardin desséché, j'ai très vite oublié ma peur. Ça avait quelque chose… d'exaltant.

Miaou ! les appelle le chat, qui trottine devant eux.

Alors, ils pressent le pas, Jules en tête. Le contact du bras de Margot lui a redonné courage. Elle n'avait encore jamais eu un geste aussi gentil envers lui. Bon, elle craignait peut-être simplement qu'il fasse rater leur mission. Malgré tout, c'était sympa. Le garçon ne proteste même pas lorsque Cambouis s'enfonce dans une ruelle obscure. C'est une partie de la vieille ville que Jules ne connaît pas. Les maisons y sont si rapprochées qu'on doit pouvoir serrer la main de son voisin d'en face par la fenêtre ! Il a l'impression de marcher entre deux falaises de pierre, et le ciel étoilé semble très loin, très haut, au-dessus des toits.

Le chat s'arrête enfin sur une petite place, devant un porche fermé par une lourde porte en bois.

Miaou, déclare-t-il en s'asseyant sur son derrière.

– C'est quoi, cet endroit ? s'étonne Matthieu.

Inès pointe le doigt :

– Il y a des mots gravés, là.

Margot allume sa torche. Sur le fronton du porche, deux lignes sont inscrites dans la pierre :

Car, se pitié de nous pauvres avez,
Dieu en aura plus tôt de vous merciz.

6

UN LIVRE MYSTÉRIEUX

Margot, Inès et Jules commentent l'un après l'autre :

– Vous arrivez à lire, vous ?

– On dirait du vieux français.

– Oui, écrit en caractères gothiques.

Matthieu s'écrie alors :

– Je sais ! C'est extrait d'un poème ! La classe de ma cousine l'a monté en spectacle l'année dernière, à la fête de son lycée.

Et il déchiffre :

– « Car si pitié de nous pauvres avez, Dieu en aura plutôt de vous mercis[1]. »

– « Mercis » ? répète Inès, perplexe.

– Oui. « Dieu vous le revaudra », quoi.

– Et de qui il faut avoir pitié ?

– Dans le poème, des pendus s'adressent à leurs « frères humains », se souvient Matthieu.

– Quel rapport avec le cauchemar de Basile ? s'étonne Margot.

---

1. Extrait de *La ballade des pendus*, de François Villon.

– J'aimerais mieux qu'il n'y en ait pas, de rapport, gémit Jules. Les Sans-Visage me font déjà peur. Alors, des pendus…

Un miaulement impatient brise le silence qui suit cette déclaration. Cambouis, dressé sur ses pattes de derrière, appuie sur le portail. Qui s'ouvre sans bruit.

– C'est bizarre, constate Inès. On n'a pas vu de cercle lumineux…

– Le Passage doit être à l'intérieur, suppose Margot.

Prudemment, les quatre Traqueurs s'aventurent dans une cour pavée. Au fond se dresse un bâtiment délabré qui a dû être splendide quelques siècles plus tôt. Les marches d'un perron conduisent à une large porte en bois.

– Le cercle n'est pas là non plus..., constate Jules.

Et, comme saisi d'une intuition, il gravit les marches, pousse la porte. Le battant s'ouvre. Le garçon pénètre dans un hall en demi-cercle, d'où part un large escalier de pierre bordé de rampes en fer forgé.

– Ça pue le renfermé, dit le jeune Traqueur en plissant le nez. Et ça a l'air inhabité...

Il se tourne vers ses amis, immobiles sur le seuil :

– Eh bien, vous venez ?

BANG !

Une force invisible leur a claqué la porte au nez.

Jules sursaute et lâche un faible cri.

« Et voilà ! songe-t-il. Ça devait arriver. »

Il ne tente même pas de forcer la porte, il sait que ce serait inutile. Elle ne s'est ouverte que pour lui. Les autres avaient promis qu'ils trouveraient un moyen de l'accompagner, mais le monde des rêves en a décidé autrement. On ne transgresse pas les règles du monde des rêves.

Que doit-il faire maintenant, seul dans cette demeure inconnue ? Et pourquoi le halo lumineux n'est-il pas apparu ?

À peine s'est-il posé la question que des flammes tremblotantes s'allument autour de lui : des chandeliers ! Des chandeliers en argent terni, accrochés aux murs, qui dessinent un cercle de lumière ! Est-ce une nouvelle forme de Passage ?

Le cœur du garçon bat si fort qu'il lui semble l'entendre résonner dans tout le hall.

Il a peur. Il ressent aussi une intense curiosité. Et une sorte de fierté. Un secret va lui être révélé, qu'il sera seul à connaître. Il sourit presque en imaginant ses trois amis, coincés dans la cour, derrière la porte close.

Puis il fait un bond en l'air, parce qu'un miaulement vient de retentir en haut de l'escalier. Cambouis ! Le chat est entré avec lui sans qu'il s'en aperçoive !

Miaou ! insiste l'animal.

Soudain rassuré par la présence de leur Passeur, Jules s'avance vers les marches :

– Qu'est-ce que tu dis ? Tu veux que je monte, c'est ça ?

Miaou ! confirme Cambouis avant de disparaître à l'étage.

Jules s'élance à sa suite. Arrivé sur le palier, il découvre une double porte grande ouverte sur une salle tapissée de rouge sombre. La faible clarté des étoiles traversant les hautes fenêtres révèle des tableaux pendus aux murs : des portraits d'hommes aux mines sévères, vêtus de costumes d'autrefois. De longues tables poussiéreuses occupent le centre de la pièce. Sur les tables, des vitrines protègent des documents anciens. Cet endroit doit être un musée abandonné.

Jules reste planté sur le seuil, sans trop savoir que faire. Tout cela est tellement irréel ! Il n'est peut-être pas vraiment là... Il est peut-être en train de rêver...

Un rayon de lune se glisse alors par un carreau et vient frapper l'une des vitrines. Le garçon s'approche. À l'intérieur, un volume à l'épais papier jauni est ouvert à la première page. Le titre est écrit dans le même style de caractères que l'inscription gravée sur le fronton de pierre.

L'AFFAIRE DES SANS-VISAGE
Par Ignace de la Bretaille
En l'an de grâce MDCLXII

Miaou ! commente Cambouis.

Ça signifie : « Prends-le ! », Jules en est certain.

Sans hésiter, il soulève le couvercle, s'empare du livre.

Puis il quitte la salle, dévale l'escalier, traverse le hall, franchit la porte et bondit dans la cour. Devant les yeux ahuris de ses copains, il brandit sa trouvaille en clamant :

– Regardez ce que je rapporte !

7

UN LOINTAIN ANCÊTRE

– Qu'est-ce que c'est ?

– Fais voir !

– T'as trouvé ça où ?

En cercle autour du garçon, Margot, Inès et Matthieu parlent tous en même temps.

– C'est un vieux bouquin, explique Jules. Cette grande maison abandonnée a dû être transformée en musée, à une époque. Il y a des tableaux, des vitrines... Et regardez le titre !

Plissant les yeux, Matthieu déchiffre à mi-voix :

– « L'affaire des Sans-Visage ». Pas possible !

– Super ! s'exclame Margot. On va savoir d'où vient le cauchemar de Basile !

– Sauf que... déchiffrer ces drôles de caractères, ça ne va pas être facile, objecte Inès.

– Ils sont écrits à la plume, fait remarquer Matthieu. C'est un manuscrit, pas un livre imprimé. Autrement dit, un exemplaire unique ! Une sorte de journal, quoi !

– On n'a qu'à le donner à Basile, déclare Jules. C'est son problème, non ?

Sa mission est peut-être terminée, en fin de compte ! Voilà qui l'arrangerait bien.

Malheureusement, Margot n'est pas de cet avis :

– Non, c'est notre problème à nous ! On a promis de l'aider. Et on n'y réussira pas tant qu'on ne sera pas entrés dans son cauchemar.

– On n'a pas vu de cercle lumineux, insiste Jules. Cambouis n'a pas trouvé de Passage. Il nous a seulement emmenés dans ce drôle d'endroit...

– Un endroit qui a un rapport avec notre mission, c'est évident, commente Inès. Mais, moi, je suis d'accord avec Margot. On devra entrer dans le cauchemar. Et si Cambouis t'a mené jusqu'à ce manuscrit,

Jules, c'est sans doute parce qu'il faut le lire avant.

– Il faut que *Jules* le lise, puisque c'est à lui qu'il a été confié, précise Matthieu.

– Dès que tu l'auras fini, tu nous diras tout, hein ? réclame Margot.

Le garçon soupire :

– Évidemment… Si j'y comprends quelque chose. En attendant, on ferait mieux d'aller se coucher, vous ne croyez pas ?

Miaou ! approuve le chat, qui patiente devant le porche.

Il a accompli sa tâche de Passeur pour cette nuit. Bientôt, il mènera les jeunes humains devant le véritable Passage. Pour cela, il devra attendre qu'ils soient prêts. Peu importe, il n'est pas pressé. Chaque chose en son temps.

*

* *

Le surlendemain, à la sortie des cours, Basile est attablé au café des Alouettes en compagnie des quatre Traqueurs. Ceux-ci ont prévenu leurs parents qu'ils rentreraient à la maison une heure plus tard, ce soir-là. « À cause d'une réunion d'élèves pour un projet, un travail sur les rêves », ont-ils prétexté. Ce n'était pas vraiment un mensonge…

Quant à Basile, son père et sa mère ne sont jamais là avant dix-neuf heures trente. Il sera largement de retour avant eux.

– Alors ? lance-t-il dès qu'on leur a apporté leurs boissons. Vous avez une piste ?

Jules sort de son cartable le volume relié, qu'il dépose devant le garçon d'un geste solennel :

– On a trouvé ça !

Basile déchiffre lentement :

– « L'affaire des Sans-Visage »...

Stupéfait, il fixe le jeune Traqueur :

– D'où il sort, ce bouquin ?

Jules résume en quelques mots les circonstances de sa découverte. Puis il déclare :

– Je n'ai pas pu tout lire, c'est difficile avec ces drôles de caractères. En gros, voici ce que j'ai compris : l'auteur du récit est un juge. En l'an 1662, dans notre ville, il a condamné trois malheureux à la pendaison. C'étaient des triplés, des nains aux corps et aux visages si difformes qu'ils portaient toujours de longues robes et des cagoules pour les dissimuler.

– Les personnages de mon rêve ! s'exclame Basile.

– Ouais. Ils étaient accusés d'avoir « le mauvais œil », de faire mourir des bêtes et même des gens.

– En réalité, intervient Matthieu, ces pauvres types devaient souffrir d'une malformation génétique. Rien à voir avec la sorcellerie !

– Bref, poursuit Jules, ils ont été pendus. L'exécution a eu lieu en dehors de la ville, sur une colline appelée Montcorbeau. C'est là que le gibet était dressé.

Les yeux de Basile s'agrandissent de surprise.

– Montcorbeau ? bredouille-t-il. Mais… c'est là que j'habite !

Un silence impressionné suit cette déclaration.

Puis Matthieu déclare, pensif :

– Ta maison est sans doute bâtie à l'emplacement du gibet. Et ton cauchemar est une sorte de… souvenir de cet ancien évènement.

Basile réfléchit un instant à cette supposition avant d'objecter :

– Pourtant, mes parents, mes frères… Ils ne font pas de mauvais rêves. En tout cas, ils ne m'en ont pas parlé. Alors, pourquoi moi ?

– Et toi, tu leur en as parlé ? l'interroge Inès.

– Non, mais…

– Tu devrais leur poser la question, conseille Margot.

Basile hausse les épaules :

– Ouais, peut-être…

Tendant la main vers le livre, il demande à Jules :

– Je peux te l'emprunter ? J'aimerais le lire.

– Bien sûr !

Basile feuillette l'ouvrage, revient à la première page, déchiffre le titre à mi-voix :

– « L'affaire des Sans-Visage.

Par Ignace de la Bretaille. » *De la Bretaille !* répète-t-il, stupéfait. C'est…

Regardant tour à tour chacun des quatre Traqueurs, il lâche d'une voix étranglée :

– C'est le nom de jeune fille de ma grand-mère paternelle !

– Alors, comprend Jules, tu es un lointain descendant de ce juge ! Et les Sans-Visage te haïssent à cause de ça.

– Je n'y suis pour rien, moi, s'ils ont été condamnés par un de mes ancêtres !

– Eh bien, il faut que tu le leur dises, conclut Margot.

– Qui ? Moi ? Vous êtes dingues ! J'aurai bien trop peur de leur parler !

– Tu ne seras pas seul, le rassure Matthieu. Jules a été désigné par le monde des rêves pour t'accompagner dans ton cauchemar.

8
TROIS REGARDS DE HAINE

Deux nuits ont passé. Pendant lesquelles Basile a revécu deux fois son cauchemar, seul sur le bord de la route. Car les Traqueurs ne voulaient pas intervenir tout de suite, une question d'heures de sommeil, avaient-ils expliqué… Malgré son désir d'en finir, Basile n'avait pas osé insister.

Cependant, quelque chose a changé. Au milieu même de son rêve, il sait maintenant pourquoi les trois encagoulés le regardent avec tant de malveillance. Il voudrait leur crier : « Ce n'est pas moi qui vous ai jugés ! Ce n'est pas ma faute, si vous avez été pendus ! »

Aucun son ne sort de sa bouche tant il est terrifié. La rumeur de la foule invisible, autour de lui, est chargée de haine et de colère. Cette foule n'a aucune pitié. Elle veut la mort des condamnés.

Mais lui, il ne leur veut aucun mal ! Il ne peut rien pour eux, voilà tout ! Il est d'un autre temps, d'un autre monde !

Par deux fois, Basile s'est réveillé en sueur, ses mots de protestation encore coincés au fond de la gorge.

Enfin, la nuit prochaine, il ne sera pas seul. Jules l'accompagnera dans son rêve. Comment le jeune Traqueur s'y prendra-t-il ? Basile n'en a aucune idée. Il tâche simplement d'y croire. Il faut qu'il y croie.

« La nuit prochaine... »

*

* *

Et la nuit tant attendue arrive enfin.

Ce soir-là, Basile traîne dans la salle de séjour avant de monter se coucher. Ses jeunes frères ont déjà regagné leur chambre. Il les entend qui chahutent, à l'étage. Eux, ils ne font sûrement pas de cauchemars, sinon, ils s'en seraient plaints. Et puis, ils dorment à deux, ce n'est pas pareil.

Assis côte à côte sur le canapé, ses parents examinent des plans. Ils projettent d'ajouter une véranda à l'arrière de leur maison. C'est son père, architecte, qui l'a conçue. Pourquoi a-t-il justement acheté ce terrain-là pour la bâtir ? Sur une colline à l'écart du village, au lieu-dit Montcorbeau ? Ignorait-il qu'un de ses lointains ancêtres avait été juge en ville ? Que les gens qu'il condamnait étaient exécutés à cet endroit ?

Oui, il devait l'ignorer. S'il avait choisi l'endroit exprès, ce serait vraiment tordu !

S'apprêtant à gravir l'escalier, Basile lance sur un ton énigmatique :

– Bonne nuit, maman ! Et toi, papa, j'espère que tu ne feras pas de mauvais rêves !

Sa mère lève le nez, étonnée :

– Pourquoi tu dis ça ?

– Ben, poursuit-il, quand on habite Montcorbeau... Vous saviez qu'il y avait un gibet, autrefois, à cet endroit ?

Cette fois, son père réagit :

– Un gibet ? Ah, je comprends !

Se tournant vers sa femme, il explique :

– Quand j'ai examiné le cadastre[1], à la mairie, l'employé s'est exclamé : « Vous achetez le terrain de Montcorbeau ? Vous, au moins, vous n'êtes pas superstitieux ! » J'ai cru que c'était à cause du nom. Donc, c'est un ancien lieu d'exécution ! Comment as-tu appris ça, Basile ?

1. Document définissant la surface et la valeur d'un terrain.

– C’est le prof d’histoire qui nous en a parlé, improvise le garçon. Allez, bonne nuit !

Et il grimpe les marches en se demandant : « Pourquoi moi ? » Dans cette maison bâtie au mauvais endroit, il est apparemment le seul à être tourmenté par des images de cauchemar…

À présent, lové sous sa couette, Basile a à la fois hâte et peur de s’endormir. Hâte que cette affaire soit terminée. Peur de se retrouver de nouveau seul sur la route. Jules a promis d’être là. Mais si les Traqueurs ne trouvent pas ce mystérieux Passage dont ils lui ont parlé, qu’est-ce qu’il fera ?

*

*   *

Deux heures plus tard, les Traqueurs sont rassemblés devant la Vieille Porte. Cambouis les mène aussitôt par les ruelles qu'ils ont suivies quelques nuits plus tôt. Il s'arrête devant le porche au fronton gravé.

– « Car si pitié de nous pauvres avez, Dieu en aura plutôt de vous mercis », relit Inès à mi-voix.

– Le drame a commencé ici, commente Margot. C'est normal qu'il s'achève ici.

Entre-temps, en effet, Matthieu a fait une recherche sur Internet. Il a appris que la vieille bâtisse avait été jadis la demeure du juge de la Bretaille. Et que les procès se tenaient dans la grande salle, à l'étage.

Cette fois, le halo de lumières clignotantes les attend, au beau milieu du portail.

Miaou ! les invite le chat, avant de disparaître au centre du cercle.

– Vas-y le premier, Jules ! lance Margot. Puisque c'est toi qui…

– Hé, lui rappelle le garçon, vous avez promis de m'accompagner !

– T'inquiète, on te suit ! assure Inès.

Alors, l'un derrière l'autre, ils franchissent le Passage.

Ils se retrouvent aussitôt au bord d'une route. Ce n'est pas une voie goudronnée, plutôt un large chemin de terre. Une foule compacte est massée sur les bas-côtés. Ils sont au premier rang ; pourtant, personne ne semble remarquer leur présence.

– Vous êtes tous là ! constate Jules, soulagé.

– Ouais. Mais je ne vois pas Basile, marmonne Margot.

– Il n'a peut-être pas encore commencé à rêver, suppose Inès.

– De toute façon, dit Matthieu, les Sans-Visage ne sont pas là non plus... Et vous avez vu ? Il fait grand jour ! On a dû arriver juste avant l'exécution !

Un grondement de colère parcourt soudain l'assistance. Des hommes, des femmes et même des enfants tendent le cou pour mieux voir. Des insultes jaillissent :

– À mort ! À mort ! Qu'ils crèvent comme ils ont fait crever nos bêtes !

Alors, ils apparaissent. Ils marchent l'un derrière l'autre, tête basse sous leur cagoule, les mains liées derrière le dos. On devine leurs silhouettes difformes sous leurs longues robes brunes.

– Les voilà, souffle Jules. Pourtant, Basile n'est toujours pas arrivé !

À cet instant, la lumière change. Elle n'est plus celle de la scène réelle qui s'est déroulée autrefois, mais celle du rêve. La rumeur des voix s'éteint, la foule s'efface. Ne restent plus que les Sans-Visage qui s'avancent en silence. La clarté de la lune étire derrière eux leurs ombres difformes. Ils se tournent vers Jules, pétrifié au bord de la route. Et le garçon devine au fond des trous sombres, au niveau des yeux, trois regards de haine.

9

AU CŒUR DU CAUCHEMAR

– Vous les voyez ? souffle Jules. Ils sont vraiment terrifiants !

Personne ne lui répond. Un instant plus tôt, Matthieu, Inès et Margot se tenaient à ses côtés. Et ils ont disparu ! Quant à Basile, il n'est pas là non plus. Ils l'ont tous abandonné.

Face à ces têtes encagoulées, avec leurs trois paires d'yeux malveillants, Jules a l'impression d'être un lapin pris dans les lumières des phares. La panique l'envahit. Que doit-il faire ? Qu'est-ce qu'on attend de lui ? Et pourquoi est-il seul, au bord de la route poussiéreuse ?

« Qu'est-ce qu'il fiche, le rêveur ? Il fait une insomnie ou quoi ? » s'affole le garçon.

Et soudain il comprend : cette nuit, il est le rêveur, lui aussi ! Même si Basile rêve de son côté, c'est à lui, Jules, de dissoudre l'inquiétante vision. De la renvoyer dans ce lointain passé d'où elle n'aurait jamais dû sortir. Il en a le pouvoir, parce qu'il est Traqueur de Cauchemars.

Le problème, c'est que, Traqueur ou pas, il ne sait pas du tout comment s'y prendre !

Il s'aperçoit alors que la scène se déroule maintenant avec une étrange lenteur. Les condamnés approchent comme au ralenti. Et une pensée inattendue lui traverse l'esprit : le rêve lui laisse le temps !

Il a envie de claquer des doigts et de crier : « Stop ! Arrêtez tout ! Je réfléchis ! »

Pourquoi pas, d'ailleurs ?

Il claque des doigts. Il lance :

– Stop !

Et tout reste en suspens.

Incroyable ! Ça a marché !

Le garçon sent monter en lui un sentiment inconnu. Il se souvient de la confidence d'Inès : « Moi, quand je me suis retrouvée seule dans le jardin desséché, j'ai très vite oublié ma peur. Ça avait quelque chose… d'exaltant. »

Voilà ! C'est exaltant !

Sauf qu'il n'est pas plus avancé.

« Réfléchis, s'ordonne-t-il. Réfléchis ! »

S'il existe une solution au problème, il ne la trouvera que dans les évènements eux-mêmes.

« Le manuscrit ! songe-t-il. Le récit du juge ! Tout est dedans ! »

Il aurait dû conserver ce livre ! L'apporter avec lui ! Il pourrait le feuilleter, retrouver des passages… Malheureusement, il l'a laissé à Basile.

Quoique…

Basile est sûrement en train de rêver, de son côté. S'il pouvait communiquer avec Basile…

Aïe ! Il n'aurait pas dû émettre ce souhait !

À l'instant même, le voilà replongé au cœur du cauchemar !

Et tout recommence. Les trois condamnés marchent sur la route, l'un derrière l'autre, les mains liées derrière le dos. Ils tournent vers le garçon leurs regards luisant de haine, au fond des trous de la cagoule. Et ce que Jules ressent maintenant, ce n'est plus de l'exaltation, c'est de la terreur.

Qu'est-ce qu'il fait là, dans un rêve qui n'est même pas le sien ? Il voudrait ficher le camp, disparaître sous terre, se réveiller… N'importe quoi pour ne pas rester seul face à l'affreuse apparition !

Seul ? Non, il n'est plus seul ! Basile est là, à côté de lui !

Sa peur s'apaise un peu. Et, comme souvent, rouspéter lui fait du bien.

– Tu en as mis, du temps, grogne-t-il. Moi, je veux bien t'aider. Mais c'est tout de même à toi qu'ils en veulent, ces faces de fantômes ! Alors, vas-y ! Fais quelque chose ! Dis-leur que tu n'es pas le juge qui les a condamnés ! Dis-leur que tu n'y es pour rien !

Basile ne réagit pas. Il ne semble pas avoir entendu. Il ne perçoit pas la présence de Jules. C'est à Jules d'agir, malgré sa peur.

Le jeune Traqueur prend alors conscience de son pouvoir. Tout à l'heure, il a su ralentir et arrêter le temps. Maintenant, il va devoir souffler à son compagnon les paroles à prononcer. Elles étaient quelque part dans le récit, ces paroles. Il les a lues. Sur le moment, il n'a pas mesuré toute leur signification. Il faut qu'il s'en souvienne, qu'il les repêche au fond de sa mémoire. C'est vers la fin… Quand le juge de la Bretaille reconnaît qu'il a commis une grande faute… Qu'il a condamné des innocents… Par dégoût de leur difformité… Pour imposer son autorité… Et par crainte de la foule qui réclamait leur mise à mort.

Que disait-il, déjà ?

Il disait… Il disait…

Jules sent soudain Basile trembler de tous ses membres. Car les Sans-Visage se sont rapprochés du rêveur. Jamais ils ne s'étaient tenus aussi près. Pourtant, ils ne sont pas « vrais » ! Ils ne sont que des images surgies du passé ; ils ne peuvent ni le toucher ni le blesser !

À moins qu'ils ne puissent le faire… mourir de peur !

Basile lâche un gémissement de terreur.

Agitant les bras pour repousser l'apparition, Jules supplie :

– Laissez-le ! Ce n'est pas lui ! Ce n'est pas sa faute !

Les Sans-Visage ne l'entendent pas. Ils continuent d'avancer.

Que disait donc le juge, dans le livre ? Il disait... Il disait...

10

CAR SI PITIÉ DE MOI PAUVRE AVEZ...

Et soudain Jules retrouve les paroles oubliées. C'est une sorte de prière, dans une langue d'autrefois qu'on ne parle plus, et dont le sens lui paraît pourtant merveilleusement clair. Il se souvient, maintenant ! Ignace de la Bretaille a terminé sa confession en s'inspirant du poème de François Villon, *La ballade des pendus* – un texte qui a dû beaucoup compter pour lui, puisqu'il en a fait graver deux vers au fronton de sa maison. Par curiosité, Jules a recherché le texte sur Internet. Et il a repéré les ressemblances avec la fin du manuscrit. Or, bizarrement, lui qui est plutôt paresseux quand il s'agit d'apprendre des poésies, il s'aperçoit que les mots du juge sont restés inscrits dans sa mémoire. Il lui fallait juste faire un effort pour qu'ils remontent à la surface.

Les Sans-Visage sont si près que le garçon voit flamber leurs yeux au fond des trous des cagoules. Cependant, il ne les craint plus. Se plaçant devant Basile comme pour lui faire une barrière de son corps, il écarte les bras et déclame :

– « Frères humains pendus, ci, au gibet,
N'ayez le cœur contre moi endurci !
Car si pitié de moi, pauvre, avez,
Dieu en aura plutôt de vous mercis !
Non par droit et justice vous ai occis,
Mais par dégoût, orgueil, et peur aussi.
Pardonnez-moi, vous qui êtes transis,
Vous dont les os deviennent cendre et poudre !
Faites qu'Enfer n'ait de moi seigneurie,
Et priez Dieu que tous me veuille absoudre ! »

Jules se tait. Les Sans-Visage n'avancent plus, mais ils l'observent toujours de leurs regards haineux. Doit-il répéter l'incantation ?

Il entend alors une voix reprendre à côté de lui :

– « Frères humains pendus, ci, au gibet »…

C'est Basile ! Basile n'est peut-être pas conscient de la présence du jeune Traqueur à ses côtés. Pourtant, d'une manière ou d'une autre, il a capté le message. Lui aussi, il a lu les mots du juge. Il les a mémorisés. Et il les redit à son tour :

– « Non par droit et justice vous ai occis.

Mais par dégoût, orgueil, et peur aussi »…

Les Sans-Visage reculent lentement. La flamme de leurs yeux pâlit.

– « Faites qu'Enfer n'ait de moi seigneurie,

Et priez Dieu que tous me veuille absoudre ! »

Basile a achevé la supplique. Le lointain descendant du juge de la Bretaille a transmis l'ultime message de son ancêtre : sa demande de pardon. L'image des trois condamnés, dans leurs longues robes brunes, s'efface peu à peu.

À l'instant où elle disparaît, Basile se réveille en sursaut.

« C'est fini, songe-t-il, aussi heureux qu'incrédule. Ils ont réussi ! Ils m'ont délivré de mon cauchemar ! »

À la même seconde, Jules se retrouve devant le porche de la vieille demeure en compagnie des trois autres Traqueurs.

– Alors ? l'interroge Matthieu. Comment ça s'est passé ?

– Oui, raconte ! le presse Margot.

Le garçon ne répond pas tout de suite. Il lève les yeux vers les mots gravés au fronton :

Car, se pitié de nous pauvres avez,
Dieu en aura plus tôt de vous merciz.

– Eh bien, murmure-t-il, maintenant, je crois au pouvoir de la poésie !

– Qu'est-ce que tu dis ? s'étonne Inès.

– Rien, rien... Le cauchemar est terminé. On a réussi, encore une fois.

– *Tu* as réussi, corrige Margot. Nous, on a été éjectés du rêve dès l'arrivée des Sans-Visage !

– Je te l'avais dit, que c'était à toi d'agir, cette fois ! souligne Inès. Comment tu te sens ?

Jules affiche un large sourire :

– Je me sens… très content !

– Oui, hein ? Moi aussi, après avoir délivré Elsa, j'étais super contente. Un peu émue aussi.

Le garçon approuve de la tête. Lui non plus, il n'oubliera pas l'étrange émotion qui l'a saisi quand il a prononcé les mots du poème. Il n'avait jamais rien dit de pareil à personne. Grâce à lui, Basile est délivré. Et les âmes des Sans-Visage ont trouvé la paix. Celle du juge aussi, sans doute. Mais ça, c'est une intuition qu'il gardera pour lui.

– Tu nous raconteras, hein ? demande Matthieu.

– Ouais, ouais, plus tard… Là, on ferait mieux de rentrer se coucher, non ?

Miaou, approuve Cambouis en redescendant la ruelle.

Le lendemain, à l'heure de la récré, les Traqueurs réunis sous leur marronnier ne quittent pas Basile des yeux. Le garçon est en grande conversation avec Constance.

– Ils ont l'air de bien s'entendre, ces deux-là, fait remarquer Inès.

– C'est peut-être le début d'une grande histoire d'amour, pouffe Margot.

– Grâce à nous ! souligne Jules.

– Dites, intervient Matthieu, on ne devrait pas rapporter le manuscrit là où on l'a trouvé ?

Jules secoue la tête :

– On ne pourra pas, vieux ! La porte de la maison ne s'ouvrira plus.

– D’ailleurs, souligne Margot, Basile est un descendant du juge. Il peut bien garder le livre en souvenir.

– C’est juste.

Puis le garçon s’interroge :

– À votre avis, pourquoi il était seul à cauchemarder, Basile ? Son père et ses frères sont des descendants du juge, eux aussi !

Les autres répondent à sa question par un haussement d’épaules.

Finalement, Inès suggère :

– Parce qu’il est plus sensible qu’eux aux phénomènes… pas naturels. Comme les médiums, quoi.

– Ouais, possible…, admet Matthieu.

Il se remémore l’apparition des Sans-Visage. C’est à peine s’il a eu le temps de les apercevoir avant d'être éjecté du rêve. Il le regrette un peu. Il apprécie de plus en plus la dose de peur et d'émotions mêlées que lui procurent ces moments si étranges, si intenses. Ce sera peut-être bientôt à son tour d'être désigné pour une nouvelle mission. Il le craint et l'espère à la fois. Car ce n'est sûrement pas terminé. D'autres aventures attendent les Traqueurs quelque part dans le monde des rêves, aux heures noires des nuits à venir.

TABLE DES MATIÈRES

Découvre d'autres aventures

LES TRAQUEURS DE CAUCHEMARS

Si tu aimes frissonner avec

LES TRAQUEURS DE CAUCHEMARS

découvre d'autres séries !

MALÉFICE SUR ROME

LE BUS DE L'HORREUR

LE COLLÈGE LOVECRAFT

MALÉFICE SUR ROME

Rome, 1er siècle avant J-C.
Jupiter, le dieu protecteur de la ville, a été enlevé par Hécate, déesse maléfique qui veut prendre sa place. Grâce à la lune, elle transforme peu à peu les Romains en sorte de zombies terrifiants, les « masques », tous à sa solde...
Harald et son frère sont les seuls à le savoir. Mais ils sont esclaves... Quand leur maître est à son tour transformé en masque, ils n'ont d'autre choix que de s'enfuir... Seuls contre tous, pourront-ils survivre, et sauver Rome ?

Anne Schmauch • Anne-Lise Nalin
MALÉFICE
SUR ROME
D'entre les morts
FRISSON

Anne Schmauch • Anne-Lise Nalin
MALÉFICE
SUR ROME
Les ombres de la nuit
FRISSON

Anne Schmauch • Anne-Lise Nalin
MALÉFICE
SUR ROME
Le murmure
des masques
FRISSON

Anne Schmauch • Anne-Lise Nalin
MALÉFICE
SUR ROME
La nuit sans fin
FRISSON

Anne Schmauch • Anne-Lise Nalin
MALÉFICE
SUR ROME
La sorcière du cimetière
FRISSON

MALÉFICE
SUR ROME
Les pièges d'Hécate
FRISSON

LE BUS DE L'HORREUR

LE COLLÈGE LOVECRAFT

Composition et mise en pages
Nord Compo à Villeneuve-d'Ascq